Chiho Saito

UTENA

Revolutionary Girl 2

Originalstory: Be-PaPas

Revolutionary Girl
UTENA 2

Die Hauptpersonen:

Utena Tenjo

Anthy Himemiya

Was bisher geschah...

Utena Tenjo ist auf der Suche nach ihrem geliebten Prinzen auf die Ohtori-Schule gewechselt. Im Schülerrat der Schule herrscht der Rosensiegel-Kodex, nach dessen Regeln der Sieger im Duell frei über die Rosenbraut Anthy Himemiya verfügen kann. Utena besiegt den Duellkönig Saionji und befreit Anthy aus seinen Händen. Sie erfährt von Toga, dass jeder Duel-

KRANKEN-STATION
WIE LANGE DAUERT DAS DENN NOCH ...
HOFFENTLICH IST ER OKAY.
UTENA ...
DAS IST ALLES MEINE SCHULD...

NICHT DOCH ...
ABER SAIONJI HAT MICH AN-GEGRIFFEN !
ICH DACHTE, TOGA WÄRE SO EIN WEIBER-HELD ...
DABEI HAT ER MICH GE-RETTET ...!
TAP
HM?
PATSCH
JURI ?!

WAS...
BILD DIR BLOSS NICHTS EIN!
TOGA HAT DAS NICHT FÜR DICH GETAN!
WÄRST DU VER-LETZT WORDEN, WÄRE DAS DUELL ZU ENDE GEWE-SEN!
DAS HEISST NOCH LANGE NICHT, DASS ER DICH MAG!
FERTIG MIT DER UNTER-SUCHUNG ...
HERR DOK-TOR!

KEIN GRUND ZUR SORGE ...
ER MUSS SICH NUR EIN BISSCHEN AUSRUHEN ...
KANN ICH ZU IHM?
JA, GEH NUR!
NEIN!
!
ICH BIN JURI ARISUGAWA ... AUS DER OBERSTUFE ... KAPITÄN DES FECHTCLUBS.
HALT DICH LIEBER ETWAS ZURÜCK, SONST FORDERE ICH DICH GLEICH HIER ZUM DUELL!
DAS „ROSENSIEGEL" ...
DU BIST ALSO AUCH EIN DUELLANT!
BIST DU IM SCHÜLERRAT?
IM GEGENSATZ ZU SAIONJI LIEBE ICH DUELLE ...
... BEREITE MICH GUT AUF SIE VOR ...
... UND SIEGE!

WARUM MÜSSEN SICH MÄDCHEN DUELLIEREN ...
Puh...
UTENA...
HIHI...
ICH HABE NICHT VOR, DICH HERAUS-ZUFORDERN ...
ICH HASSE ES ...
... GEGEN MÄDCHEN KÄMPFEN ZU MÜSSEN ...
AUCH ICH BIN IM SCHÜ-LERRAT ...
SWUSCH
JETZT REICHT'S !

OH...
ACH ...
ES GIBT IM SCHÜLER-RAT DOCH JEMANDEN, DER ÄHNLICH DENKT WIE ICH?!
DU BIST ALSO NORMAL!
KUDDEL
!
SO EIN GLÜCK!
LASS UNS FREUNDE SEIN!
ZACK
ÄH ...
ENT-SCHULDIGE MICH...
SWUSCH!

ICH BIN ÜBRIGENS MIKI KAORU!
ICH BIN AUCH IN DER MITTELSTUFE ...
EINE KLASSE UNTER DIR!
BIS BALD, UTENA!
JA ...
BIS BALD!
Süß ... ❤
SCHEINT JA EIN GUTER KERL ZU SEIN...
UTENA!!

HOPPS
ICH HAB MIR SORGEN UM TOGA GEMACHT!
HÄ?
VERBEUG
UTENA!
DAS IST DOCH ...
... MIKEY AUS DEM SCHÜLERRAT!
KENNST DU IHN?
»MIKEY«?
Hä? Was für'n Ding?
KENNST DU IHN?
ER IST SO SÜSS, ALLE MÄDELS SIND VERRÜCKT NACH IHM!
ER SIEHT GUT AUS ...
... UND KANN FANTASTISCH KLAVIER SPIELEN UND FECHTEN!
ER IST EIN GENIE! EIN MITTELSCHÜLER MIT UNIVERSITÄTSNIVEAU!
Aha?

ER IST ...
... DAS GEGENTEIL VON JURI ARISUGAWA UND BERÜHMT ...
... FÜR SEINE TRAUMHAFTEN FECHTKOMBI-NATIONEN !
WEISST DU, MIKEY IST ECHT NETT ...
... UND JURI... SIE IST SUPER-BEGABT, ABER ...
... SELBST DIE LEHRER FANGEN AN ZU ZITTERN, WENN MAN VON IHR SPRICHT ...
SIE IST FURCHTBAR ...

PFF...
DAS WUNDERT MICH NICHT!!
SCHEINT, ALS HÄTTE ICH MICH BEI IHR UNBELIEBT GEMACHT ...
ABER WARUM ...?
UTENA !
ICH HAB WAS ZUM UMZIEHEN!
ICH HELF DIR!
MOMENT MAL ...
ANTHY...
WAS MACHST DU MIT MEINER UTENA?
ABER ICH GEHÖRE IHR DOCH...
IHRE OHRFEIGE ...
... WAR ZIEMLICH HEFTIG.
WIE BITTE?
Sag das noch mal!!
Ich gehöre Utena ...
OJE, OJE ...

IM KRANKENZIMMER...
ES IST NUR EIN KRATZER ...
JA, KLAR! UND WEGEN DIESEM ...
... KRATZER MUSST DU DICH JETZT DREI MONATE LANG SCHONEN!
DIESMAL BIST DU ZU WEIT GEGANGEN ...
... MIT DEINER HELDENHAFTIGKEIT ...
... TOGA!
DU MEINST ES DOCH NICHT ERNST MIT DIESEM MÄDCHEN...?

SAIONJI ...
FÜR DIE VERLETZUNG, DIE DU TOGA ZUGEFÜGT HAST...
... WIRST DU MIT ZWEI WOCHEN STUBEN-ARREST BESTRAFT!
DAMIT BIN ICH NICHT EIN-VERSTAN-DEN.

WARUM ?
TOGA HAT SICH IN EIN DUELL ...
... ZWISCHEN MIR UND UTENA EINGE-MISCHT!
ER HAT DIE REGELN MISS-ACHTET!
MICH TRIFFT KEINE SCHULD !
DAS IST NICHT RICHTIG, SAIONJI !
NUR DU BEZEICHNEST DAS ALS EIN DUELL! ABER ES WAR WEDER ...
... AUF DEM KAMPF-PLATZ ...
... NOCH WAR DIE ROSENBRAUT MIT DIOS' SCHWERT DABEI!
PAH!
GIB NICHT SO AN!
BESSER-WISSER!
HMPF...
HAST DU IMMER NOCH EINWÄNDE?

ICH BIN 2. VORSITZENDER!
WIE KÖNNT IHR EIN URTEIL ÜBER MICH FÄLLEN?
TOGA HAT MIR DAS ENTSCHEIDUNGSRECHT UND ...
... DEINE BEFUGNISSE ALS 2. VORSITZENDER ÜBERTRAGEN!!
WIE KONNTEST DU IHN NUR SO SCHWER VERLETZEN?
ER IST DAZWISCHEN GEGANGEN, UM UTENA ZU SCHÜTZEN!
DAS IST SEINE AUFGABE ALS VORSITZENDER DES SCHÜLERRATS...
NEIN!!
ER HAT ES GETAN, WEIL ER UTENA GERN HAT! ALS MANN!

IDIOT ...
TOGA VERSUCHT ES BEI JEDER ...
... ABER DAS HEISST NOCH NICHTS!
DIESMAL IST ES ANDERS!
EINE SOLCHE VERLETZUNG ZU RISKIEREN ...
ER MUSS ES WIRKLICH ERNST MEINEN!
ICH BIN MIT TOGA SEIT KINDERTAGEN BEFREUNDET ...
ICH KENNE IHN BESSER ALS DU!
ICH WERDE MEINEN STUBENARREST FRIEDLICH ABSITZEN ...
ABER AN DEINER STELLE WÜRDE ICH UTENA GUT IM AUGE BEHALTEN!
WHAMM

KRANKEN-ZIMMER
VIEL-LEICHT LACHT ER MICH AUS...
... WENN ICH IHM BLUMEN BRINGE, ABER...
WAS WILLST DU DENN DAMIT?
WAS ...?
DU BRINGST IHM ...
... BLUMEN ?

HA-HA-HA-HA!
ÄHM ...
ICH MÖCHTE MICH NUR BEI IHM ENT-SCHUL-DIGEN ...
WIE GEWÖHN-LICH!
PATSCH!
Müll
BLUMEN ... ALS OB ER DAVON ...
... NICHT SCHON GENUG HÄTTE ...
Äh...
WAS HAT SIE NUR GEGEN MICH?
UTENA !!
KREISCH
LOS !!
DU SCHAFFST ES!!

JURI ... TRAINIERST DU MIT MIR?
TSCHING
TSCHING
AH, UTENA ...
SIE IST WIRKLICH GUT!
EINE ECHTE SPORTSKANONE!
WENN SIE DEN KAPITÄN DES KENDO-CLUBS BESIEGEN KANN...
... MÜSSTE SIE EIGENTLICH AUCH GUT IM FECHTEN SEIN!
SIE WÜRDE JÄMMERLICH VERLIEREN!
HÄ?

JURI ?!
WAS SOLL DAS ?!
MINCG
WIR HABEN KEINEN HELM AUF ...
DAS IST VERBOTEN !
DANN PASS GEFÄLLIGST AUF!

KLIRR
PASS AUF, JURI...!
WHUSCH
SORRY!
DER BALL IST MIR ABGERUTSCHT ...
... JURI...

WOW ...
FLÜSTER
SIE HAT DEN BALL ...
... EIN-FACH AUFGE-SPIESST!
FLUPP
OH, MANN ...
SIE IST ECHT DER HAM-MER ...!

OST-TRAKT
ALSO ECHT ...
IRGEND-WAS STIMMT NICHT MIT DIESER JURI...
...
HM...
JEDEN TAG ... ... IST WAS ANDERES MIT IHR!
HEUTE HAT SIE MEIN ESSEN RUNTER-GESCHMISSEN!
FURCHT-BAR...
QUIEK
UND BEI DER MORGENMESSE HAT SIE MICH AUF-GERUFEN, UND ICH MUSSTE ALLEIN SINGEN!
Dabei kann ich gar nicht singen...
SO WAS BLÖDES ...
He, du bist dran, Chuchu!
Chu!

ANTHY !
HÖRST DU MIR ÜBERHAUPT ZU?
NATÜRLICH ...
ES WIRD NICHT MEHR LANGE DAUERN ...
... DANN WIRD JURI DICH ZUM DUELL HERAUSFORDERN.
OH GOTT ...
ALSO MUSS ICH WIRKLICH ...
... MIT DER »SCHÖNEN LEOPARDIN« KÄMPFEN ?
Gnn...
WILLST DU NICHT ?
ACH, SCHON GUT ...
ICH NEHME DIE HERAUSFORDERUNG AN ...
IST DOCH KLAR ...
IST SOWIESO LÄNGST ENTSCHIEDEN...

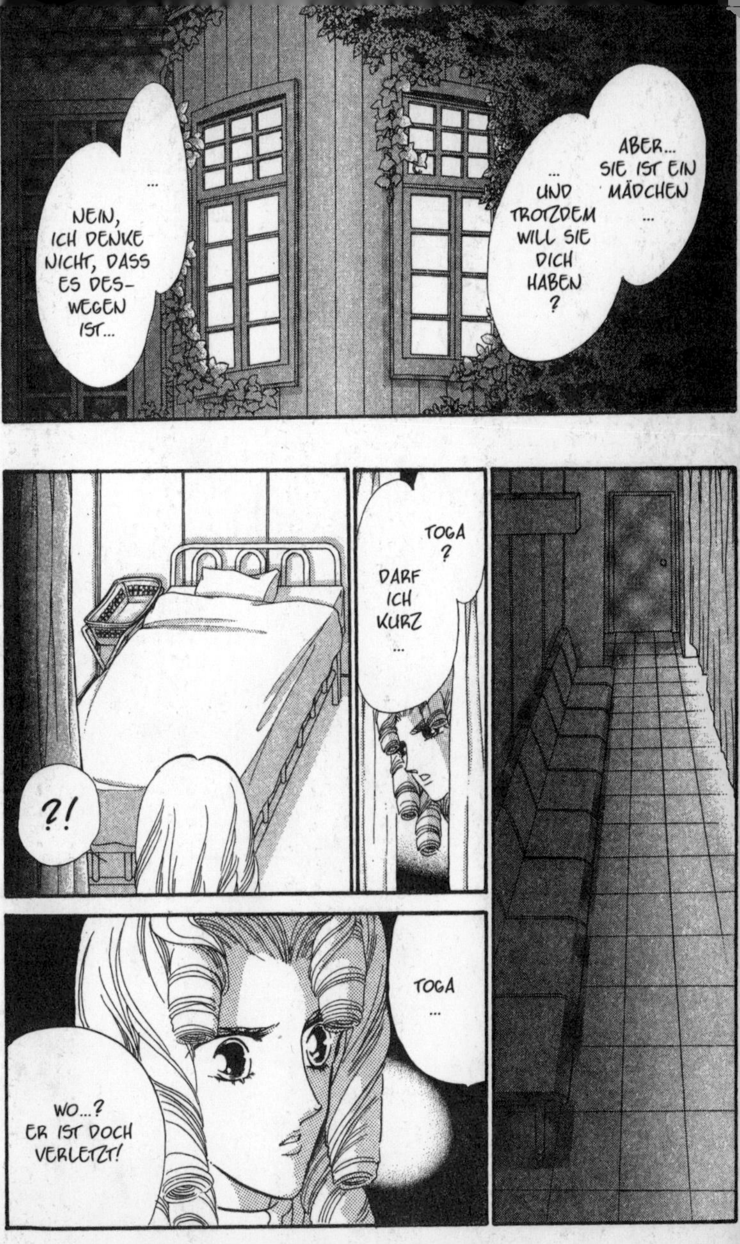
ABER... SIE IST EIN MÄDCHEN ...
... UND TROTZDEM WILL SIE DICH HABEN ?
... NEIN, ICH DENKE NICHT, DASS ES DES-WEGEN IST...
TOGA ? DARF ICH KURZ ...
?!
TOGA ...
WO...? ER IST DOCH VERLETZT!

GN...
CHU!
CHU!
CHU! CHU!
CHU!
CHU!
HM...?
CHU!
WAS IST DENN, CHUCHU...?
QUIEK!

WHAMM
TOGA!!
WAS MACHST DU DENN HIER ?!
DU BIST DOCH VERLETZT ...
ICH WOLLTE DICH SEHEN ...
RED KEINEN QUATSCH !
DU WOLLTEST DOCH ETWAS ÜBER DAS »WELTENENDE« WISSEN!

KOMM BITTE RUNTER!
LASS UNS SPAZIEREN GEHEN... ZUM KAMPFPLATZ...
ICH WILL DIR ETWAS ZEIGEN!
MEINT DER DAS ERNST?
NA...?
WAS WILL ER MIR DENN AM KAMPFPLATZ ZEIGEN?
WARTET DORT ETWA...
DAS »WELTENENDE« AUF MICH?
Ähm...

W...wow...!

ES LEUCHTET ...
... WIE EIN KRON-LEUCHTER!
WUNDER-SCHÖN...
... NICHT WAHR?
OJE, DEINE VERLETZUNG ... DU DARFST DICH NICHT ZU SEHR ANSTRENGEN!
ICH WOLLTE DIR NUR DEN KAMPF-PLATZ BEI NACHT ZEIGEN ...

...
Es tut mir so leid, dass du wegen mir verletzt wurdest ...
Bitte verzeih mir ...
Das macht doch nichts!
Ein Ritter ist immer bereit ...
... Für seine Prinzessin zu sterben ...
Das nehm ich dir nicht ab ...
Sorry ...
Schluck...
Ausserdem will ich keine Prinzessin sein, sondern ein Prinz!
Tut mir leid ...
Warum?

...
DU LACHST SICHER ...
DIESE GESCHICHTE PASST SO GAR NICHT ZU MIR...
WAS PASST NICHT ZU DIR?
ERZÄHL ES MIR, WÄHREND ICH MICH AUSRUHE...
...
ALSO ...
MEINE ELTERN SIND GESTORBEN, ALS ICH SECHS JAHRE ALT WAR.
ICH WAR VERZWEIFELT, WUSSTE NICHT WOHIN...
ICH BIN DURCH DIE STRASSEN GEIRRT UND SCHLIESSLICH VON EINER BRÜCKE GESTÜRZT...
... UND DANN ...
... HAT EIN PRINZ MICH GERETTET ...

ER HAT MIR DIESEN RING GEGEBEN ...
... UND SAGTE ...
»VERLIERE NIE DEINE STÄRKE UND DEINEN EDELMUT ...«
»DENN DANN ...
... WIRD DIESER RING DICH ZU MIR FÜHREN.«
WOHER WEISS ER DAS?
NUR MEIN PRINZ UND ICH WISSEN, WAS ER DAMALS GESAGT HAT...
NUR WER SEINE STÄRKE UND SEINEN EDELMUT NIE VERLIERT ...
... KANN IN DIESES SCHLOSS GELANGEN.

IN DIESEM SCHLOSS ...
DIE KRAFT VON DIOS ...
... IST DIE ANTWORT AUF ALLE FRAGEN.
UNGLAUBLICH...
DAS GIBT'S NICHT...
WENN DU SIE ERHÄLTST ...
... KANNST DU EIN PRINZ WERDEN, SO WIE DU ES WILLST...
ER...
IST ER ES...?

IST ER MEIN PRINZ ?
UTENA !!

JETZT...
... IST ES SO WEIT...
ICH FORDERE DICH ...
... ZUM DUELL !!

DER KAPITÄN DES FECHT-CLUBS ...
JURI ARISUGAWA ...
UTENA ...
DA BIST DU JA ...
Huch!
GONG

UND MIT IHR...
DIE KLEINEN ROSEN AUS MEINEM INNERN ... ...

... MUSS ICH KÄMPFEN ...
HÄ?
MEINE UNIFORM ...
... SIND FÜR DICH.

ROSEN, DIE VOM ...
... »WELTEN-ENDE« HERABGEFLOGEN SIND...
... FÜR DICH ...
ANTHY ...
IST DAS WIEDER ... ... EIN TRICK ?

DAS DUELL IST EINE HEILIGE ZERE-MONIE ...
... NUN HAST DU DIE PASSENDE KLEIDUNG !
TOGA ... MIKI ...

BIST DU...
... MEIN PRINZ, NACH DEM ICH GE-SUCHT HABE?
ICH WÜSSTE ES SO GERN...
KENNST DU DIE REGELN?

WEM DIE ROSE ABGESCHLAGEN WIRD, DER HAT VERLOREN …
WENN DU VERLIERST … … VERSCHWINDEST DU …
… UND SIEHST DIE ROSENBRAUT UND TOGA NIE WIEDER!
VERSTANDEN ?!
VIEL GLÜCK …
SEI VORSICHTIG!
… JA…
LOS GEHT'S!

... ROSEN AUS DEM EDLEN SCHLOSS ...
DIE KRAFT VON DIOS ...
... DIE IN MIR RUHT!
FOLGE DEINEM HERRN!
ZEIGE DICH JETZT!

ES LEUCHTET...
ZISCH
KEINE AHNUNG, WIE DAS FUNKTIONIERT...
ICH GLAUBE...
... ICH MUSS JETZT MEINEN TEXT AUFSAGEN...
ZISSSCH

DIE KRAFT, DIE WELT ZU VERÄNDERN ...
KRAFT FÜR MEIN SCHWERT ...

UAAH
...!
ZACK
HAH!
HAAAH!

NICHT UMSONST WIRD SIE...
...DIE »SCHÖNE LEOPARDIN« GENANNT...
SIE ZEIGT NICHT DIE GERINGSTE BLÖSSE...
WAS IST LOS, UTENA ?!
IST DAS SCHON ALLES ?!

ICH WERDE SIEGEN!
UND DU WIRST TOGA NIE WIEDER-SEHEN!
URGS ...
JURI IST STARK ...
UTENA ... KÖNNTE VER-LIEREN.
AUF WESSEN SEITE STEHST DU?
ABER ICH MUSS...
... MIT TOGA NOCH ETWAS KLÄREN ...
DU...
....
... BE-SIEGST ...
... MICH NICHT !!
FLASH

DAS IST DOCH ...
VOM SCHLOSS KOMMT ETWAS HERUNTER ...!!

... DA IST WIEDER...
... DIESER ROSENDUFT...
MMM...
... DIOS...

ICH FÜHLE MICH...
... WIE VON WOLKEN AUS ROSEN UMGEBEN...

DAS IST BETRUG ...
ICH LASSE MICH NICHT BETRÜGEN !
HUCH!!
ICH KANN ALLES SEHEN...!
JEDE EINZELNE BEWEGUNG VON JURI... GANZ DEUTLICH...

ZACK
MEINE ...
... ROSE!

VER-DAMMT!
UTENA IST DIE SIEGERIN!
ICH... HABE GEWONNEN?
ICH VERSTEHE NICHT, WAS PASSIERT IST...
DAS WAR DIE KRAFT VON DIOS...
ICH HABE SIE ZUM ERSTEN MAL GE-SEHEN...
ICH WAR ABGE-LENKT...
...WEIL PLÖTZ-LICH ETWAS VON OBEN KAM...
UND DANN...
ES WAR DEINE SCHULD...
DU HAST NICHT GENUG AUF-GEPASST...

ABER ...
SEI EHRLICH, JURI!
WENN DU DICH ÄRGERST, FORDERE UTENA EBEN NOCH MAL HERAUS!
JURI?
JURI...
SO WEIT HÄTTEST DU NICHT GEHEN MÜSSEN ...
WEISST DU DENN NICHT, DASS SIE...
ICH MUSS ...
... DICH ETWAS FRAGEN!
BIST DU DER ...
... FÜR DEN ICH DICH HALTE ?!
MEIN PRINZ?

ER HAT NUR AUGEN FÜR DAS SCHLOSS...
SO UNNAHBAR...

SCHON WIEDER ... ... DA-NEBEN!
KREISCH!
UTENA!
DU SCHAFFST ES!
ZIPP
ICH MUSS DIE GANZE ZEIT...
... AN TOGA DENKEN...
DIESER GESICHTS-AUSDRUCK...

UTENA ♥
DEINE GELIEBTE WAKABA GLAUBT AN DICH!
DU SCHAFFST ES!
ZOING
ICH KANN MICH HEUTE NICHT KONZENTRIEREN ...
UTENA ?
WAS IST LOS ?
DU BIST SO KOMISCH, SEIT DU MIT ANTHY IM ZIMMER WOHNST !
WAS IST LOS ?
NICHTS !
ABER ...
WAKABA ...
DANKE FÜR ALLES !
UTENA ...
BLINK ♥

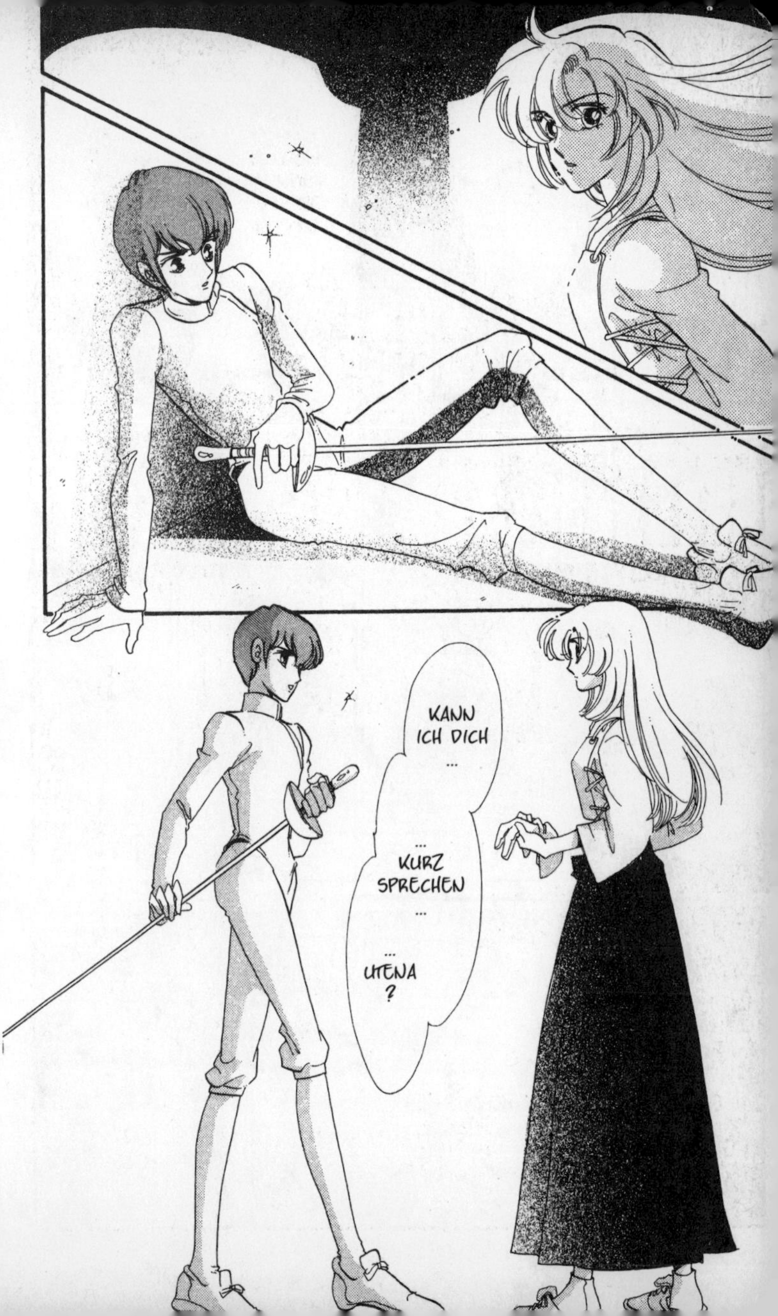
KANN ICH DICH ... ... KURZ SPRECHEN ... ... UTENA ?

JURI IST AM BODEN ZERSTÖRT.
SO WAR SIE NOCH NIE!
EIGENTLICH IST SIE EINE STARKE PERSÖNLICHKEIT ...
SIE TUT MIR LEID ...
NUR DURCH JURI ...
... BIN ICH IM FECHTCLUB UND IM SCHÜLERRAT SO WEIT GEKOMMEN ...
UND DANN TOGA!
ER ZEIGT ÜBERHAUPT KEIN MITLEID MIT IHR!
SIE SIND DOCH FREUNDE, ODER ...?
HM ...
GUTE FRAGE ...
UTENA!
WOLLEN WIR DER SACHE GEMEINSAM NACHGEHEN?
WAS?

ER IST SICHER NOCH ... ... IM KRANKEN-ZIMMER ...
HIER WOHNT TOGA ?
GANZ ALLEIN ?
Ganz anders als meine Bude...
DAS WEISSE HAUS, SOZUSAGEN ...
DER VOR-SITZENDE DES SCHÜLER-RATS ... ... IST HIER SO ETWAS WIE DER PRÄSI-DENT.
ER GENIESST IN ALLEM EINE SONDER-BEHAND-LUNG...
UNTER DIESEM SCHUTZ ... ... HECKT ER SICHER IRGEND-ETWAS AUS...
... UTENA ?

SWUPP
LASS UNS DOCH VORN REIN-GEHEN!
ICH HABE DEN SCHLÜS-SEL ...
... AUS SEINEM SPIND ...
TS, TS.
HAST DU KEINE LUST MEHR, UTENA ?
WEIL ...
DOCH!
... WENN WIR HINTER TOGAS GEHEIMNIS KOMMEN...
... ERFAHRE ICH VIEL-LEICHT, OB ER MEIN PRINZ IST.
ER WÜRDE ES MIR NICHT SAGEN, SELBST WENN ICH IHN FRAGE...
ALSO BLEIBT MIR NICHTS ANDE-RES ÜBRIG...
...
UTENA, HIER...
QUIETSCH

DAS SCHEINT SEIN ZIMMER ZU SEIN.
HIER FINDEN WIR SICHER ETWAS ...
MAN SIEHT GLEICH ...
... WAS FÜR EIN MENSCH TOGA IST.
WIR HABEN ...
... ALLE EINEN BRIEF VOM »WELTENENDE« ERHALTEN ...
KLAPPER

NUR TOGA NICHT ...
ICH GLAUBE, ER STEHT IN DIREKTEM KONTAKT MIT DEM »WELTEN-ENDE«.
ES IST NUR ...
... SO EIN GE-FÜHL ...
ABER ...
... ER WEISS DINGE, VON DENEN WIR NICHTS WISSEN ...
..., UND ER VERBIRGT TWAS VOR UNS.
DAS TUT ER VIELLEICHT, WEIL ER...
... EIN PRINZ IST!
HÄ?
ACH, NICHTS ...

WER...
AH...
DAS IST TOGAS SCHWESTER!
SIE IST AUCH HIER, IN DER ERSTEN KLASSE!
WIE HÜBSCH SIE IST!
SCHÖN, WENN MAN GESCHWISTER HAT...
ICH HABE MIR IMMER WELCHE GEWÜNSCHT, ABER ...
ICH BIN EIN EINZELKIND ...
ICH HABE ... EINE SCHWESTER.
WIR SIND ZWILLINGE ...
ECHT?
IST SIE GENAUSO HÜBSCH WIE DU?
HÜBSCH ...?
Erröt

...
OH, TUT MIR LEID!
IST DEIN PRIVAT-LEBEN ...
Sorry ... Tut mir Leid ...
NEIN, SCHON GUT ...
MIT DIR ...
... KÖNNTE ICH ÜBER ALLES REDEN!
ICH ...
ÄH ...
ER HAT WUNDER-SCHÖNE AUGEN ...
WENN ER MICH SO ANSCHAUT ...

KLANK
TAP
TAP
TAP
OH NEIN... ER IST ZURÜCK ?!
MIST !!
WIR MÜSSEN UNS VER-STECKEN !
AAAH ...
DER SCHRANK !
WUSCH
UAAH...

WUMMS
ÄCHZ...
DAS IST KEIN NORMALER SCHRANK ...
... ODER ?
BIST DU OKAY ?
JA... UND DU?
UTENA!
WAS? HIER...

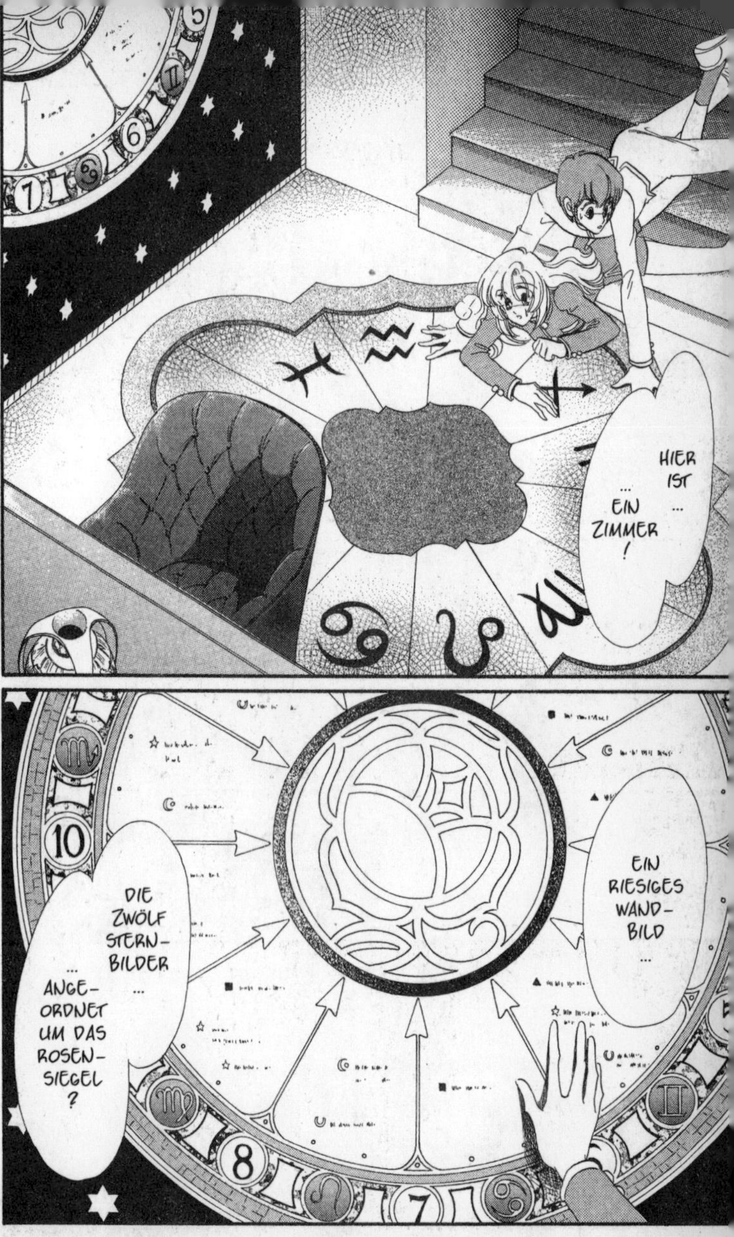
HIER IST ... EIN ZIMMER!
EIN RIESIGES WAND-BILD ...
DIE ZWÖLF STERN-BILDER ... ANGE-ORDNET UM DAS ROSEN-SIEGEL?

...
EIN KALENDER!
SCHAU, DA SIND ZEICHEN ... ... NOTIZEN!
Aha...
TERMINE ... ... FÜR DUELLE?
... WAS?
ALLE DUELLE ...
... SIND HIER EINGEZEICHNET!
WO?
DAS DUELL ZWISCHEN DIR UND SAIONJI LETZTEN MONAT ...
UND DEIN DUELL MIT JURI ...
IST DAS EIN PROTOKOLL ÜBER ALLES, WAS PASSIERT IST?

HIER STEHT …
… DASS WIR BEIDE NÄCHSTEN MONAT GEGEN-EINANDER ANTRETEN …
WIR…?
WARUM SOLLTEN WIR UNS DUEL-LIEREN?
DAS KANN NICHT SEIN!
NATÜR-LICH NICHT!
ICH KÄMPFE NICHT!
UND SCHON GAR NICHT MIT DIR …
ABER …
… GENAU SO WIRD ES KOMMEN!
HUCH!
!

DU WIRST DIESEN KAMPF WOLLEN ...
... GANZ SICHER !
WARUM SAGT ER SO ETWAS ...?!
TOGA ?!

»MIKI...
... DU WIRST DIESES DUELL WOLLEN...
... GANZ SICHER...«

GANZ SICHER …
… TOGA …
WAS… DENKST DU ÜBER UTENA ?!
WENN DU… SIE AUCH NUR EIN BISSCHEN GERN HAST…
… WÜRDEST DU SIE DOCH NICHT IN GEFAHR BRINGEN UND SIE KÄMPFEN LASSEN, ODER?
ICH ZUMINDEST …
… WÜRDE DAS NICHT WOLLEN !
ICH KANN NICHT GEGEN SIE KÄMPFEN !
WEN ICH GERN HABE, DEN WILL ICH DOCH BESCHÜTZEN !

ICH...
... ERTRAGE DAS NICHT LÄNGER !
ICH FORDERE DIE AUFLÖSUNG ...
... DIESES SCHÜLERRATS UND SEINES UNMENSCHLICHEN KODEX!!
MIKI...
ZACK
AH...
UTENA IST KEIN MÄDCHEN, DAS BESCHÜTZT WERDEN MUSS!
KAPIERST DU DAS NICHT?

BESTEHT LIEBE DENN NUR DARIN...
... ZU BESCHÜTZEN ?
WIE NAIV VON DIR ...
... MIKEY !
AH!
TOGA ?
WAS HAST DU MIT UTENA VOR?
TOGA !

TJA...
... WAS MACH ICH MIT DIR?
ÄH...
BLINZEL
WILL ER MICH ETWA WIEDER KÜSSEN?
SO WIE DAMALS?

Utena-Gang
Mitglied Nr.0

Chuchu

Alter:
Chu! (???)

Geburtsdatum:
Chuu?! (???)

Sternzeichen:
Affe (Chu!!!)

Blutgruppe:
Affenblutgruppe (Chu!!!)

Größe:
Zwischen 10 und 50 cm (???)

Hobbys:
Fressen (Chu!!!)

Was er gut kann:
Alles anknabbern (Chu!)

Was er hasst:
Schlechtes Essen (Chu!!)
Nichts zu essen da! (Chu!!!)
Saionji (den kann er nicht ausstehen! Chu!!!)

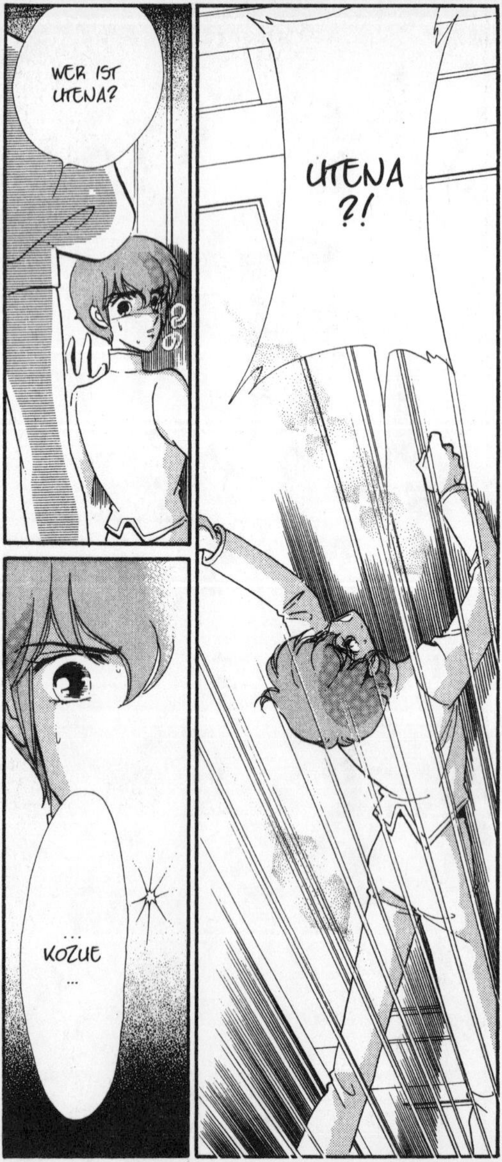

TOGA ...
IST AUF DEINEM DUELL-PLAN ...
... AUCH EIN KAMPF ZWISCHEN UNS BEIDEN VOR-GESEHEN?
EIN KAMPF ...
... ZWISCHEN DIR UND MIR ?

SOLLTEST DU ABER NOCH MAL UNERLAUBT HIER EINDRINGEN ...
... KOMMST DU MIR NICHT SO BILLIG DAVON ...
... DA KANNST DU SICHER SEIN!
WHAMM
WAS WAR DENN DAS JETZT?
Zitter
Zitter
ICH WARTE ...
... BIS DU STARK BIST!

UTENA
...
!
IST ALLES IN ORD-
NUNG
?
HAT ER DIR ETWAS GETAN?
ZWEI MIKIS
...?

ICH BIN MIKIS ZWIL-LINGS-SCHWES-TER …
UND HEISSE KOZUE!
WAS ?!
DU BIST ALSO SEINE SCHWES-TER!
IHR SEHT EUCH WIRKLICH ZUM VER-WECH-SELN ÄHNLICH …
HACH …
FREUT MICH SEHR, ICH BIN UTENA!
FASS MEINEN ARMREIF NICHT AN, DEN HAT MIKI MIR GESCHENKT!

DER VORSITZENDE DES SCHÜLERRATS HAT MICH SCHON GEWARNT ...
ER SAGTE, DU MUSST DEINEM BRUDER HELFEN.
ES GIBT DA EIN MÄDCHEN, DAS IHN VERFÜHREN WILL!
TOGA HAT SO ETWAS GESAGT ...?
WIR SIND ZUSAMMEN SEIT WIR GEBOREN WURDEN ...
... ICH WEISS ALLES, WAS ER DENKT ...
... ICH KANN ES SPÜREN, SELBST WENN WIR GETRENNT SIND!
MIKI DARF NUR JEMANDEN GERN HABEN, DEN ICH AUCH GERN HAB!
OHNE AUS-NAHME!
KOZUE ...!
EINEN ZWILLING ZU HABEN ...
... MUSS ECHT HART SEIN ...

JA, DAS STIMMT!
MIKIS SCHWESTER ...
... IST BERÜHMT ...
... UND BERÜCHTIGT!
Viel Glück, Mikey!
ES HEISST SOGAR ...
... DASS ER NUR KEINE FREUNDIN HAT, WEIL SIE ...
... IMMER DAZWISCHENFUNKT! DABEI IST ER DOCH SO SÜSS UND SO BELIEBT ...
HM...
KOZUE ...
HUSCH!
UAH!
Aber irgendwie ...
... beneide ich die beiden trotzdem...
DAS KANN ICH VERSTEHEN ...

ES IST SCHÖN...
... EINEN BRUDER ZU HABEN!
Was will die denn?
ANTHY ... HAST DU EINEN BRUDER?
JA...
ICH KANN IHN LEIDER NICHT SO OFT SEHEN...
SO GLÜCKLICH SEHE ICH SIE ZUM ERSTEN MAL...

WIR WOHNEN ZUSAMMEN
ICH BIN ANTHYS FREUNDIN...
... UND TROTZDEM WEISS ICH NICHTS ÜBER SIE.
HEUTE BEKOMMT IHR DIE ERGEBNISSE DES MATHETESTS!
Oh nein...
ALLE UNTER 40 PUNKTEN MÜSSEN DEN TEST NOCH MAL SCHREIBEN!!
Yippie!
38
2-A
天上 ウテナ
ICH MUSS DEN TEST NOCH MAL MACHEN...

MANN, DAS IST DAS ERSTE MAL, DASS ICH IN MATHE DURCHFALLE! MIST!
WIRKLICH?
Das liegt nur an diesen blöden Duellen!
DIR KANN DAS DOCH EGAL SEIN!
DU HAST SICHER GENUG PUNKTE ...
NEIN!
FLAP
2-A
姫宮アンシー
WAS...
Ist das dein Ernst?
ICH MUSS JEDEN TEST NACHSCHREIBEN ...
ABER DAS MACHT MIR NICHTS AUS!
ANTHY? DAS GIBT'S DOCH NICHT ...!
FLAP

38 PUNKTE ...
AAAH!
UTENA HAT NUR 38 PUNKTE!
HEY!
ZACK
MIKI ?!

DAS HAB ICH ... ... NUR ZUFÄLLIG GESEHEN!
Bitte glaub mir, Miki!
BITTE GIB MIR DAS ZURÜCK!
ICH MUSS ÜBERMORGEN NACHSCHREIBEN!
BLINZEL
WARTE MAL...
KLACK
KRITZEL
HIER ... DAS SIND DIE RICHTIGEN ANTWORTEN ...!
Wow!
DU BIST ECHT EIN GENIE!
DU BIST EINE KLASSE UNTER MIR, ABER ...
... MACHST DAS MIT LINKS ...
SOLL ICH DIR DIE AUFGABEN FÜR DIE NACHPRÜFUNG ERKLÄREN?
ICH DENKE ...
... ICH KANN DIR ALLES BEIBRINGEN, WAS DU WISSEN MUSST ...

ECHT?
JA...
SO EIN GLÜCK, ODER, ANTHY?
DANN KOMM DOCH MIT ZU UNS ...
ANTHY?
WIR KÖNNEN AUCH BEI UNS LERNEN!
ICH WILL DABEI SEIN ...
SCHÜLERRAT - ZWEITES HAUS
JA, MIKI?
NA GUT...

DAS HEISST ... ... DU MUSST DAS HIER ER-SETZEN ...
HIER MIT Y MULTI-PLIZIE-REN ...
... UND DANN DIE KLAM-MER ...
?
Ich kapier nix...
Scheiß Auf-gaben ...
AAAH!
WIR LERNEN JETZT SCHON ZWEI STUN-DEN!
ICH BRAUCH 'NE PAUSE!
PLUMPS
Uff
MACHST DU UNS TEE, KOZUE?
JA...
DU BIST EIN GENIALER LEHRER, MIKI!
BESTIMMT BEKOMME ICH JETZT 100 PUNKTE!
NA JA...

DOCH ... GANZ BE-STIMMT ... ...
ZZZ...

HM...
HM...?
WAS IST, MIKI?

SCHEPPER
KLIRR
ALLES IN ORDNUNG?
OJE, DER GUTE TEE ...
Erwischt
HÄ?
ICH HAB GESCHLAFEN ...
WAS ... HAST DU DA GERADE ... MIT MEINEM BRUDER GEMACHT?!
HMPF!

PATSCH
TU NICHT SO UNSCHULDIG!
Was denn?
KOZUE ...!
DU BESCHULDIGST ... UTENA ZU UNRECHT!
WAS EBEN PASSIERT IST...

... GING VON MIR AUS.
ICH HABE UTENA GEKÜSST ...
... WÄHREND SIE GE-SCHLAFEN HAT.
WAS ?!
WIE SEHR DU ...
... UTENA AUCH HASSEN MAGST ...
... ICH HABE SIE GERN !
WIR SOLLTEN VORLÄUFIG GETRENNTE WEGE GEHEN!
MIT SICHER-HEIT SIND WIR BEIDE GLÜCK-LICHER ...
... WENN JEDER SEIN EIGENES LEBEN LEBT ...
... UND SEINE EIGENEN FREUNDE HAT!
MIKI...
DU VERRÄTER ...!!

WHAM
LASS UNS WEITERLERNEN ...
...
PUH
MIKI HAT MICH ...?
DAS SIEHT DIR ... GAR NICHT ÄHNLICH ...
... DEINE SCHWESTER ZU SCHLAGEN ... UND SIE ZUM WEINEN ZU BRINGEN.
...
TUT MIR LEID ...
WENN ICH DICH DAS NÄCHSTE MAL KÜSSEN WILL ...
... FRAGE ICH DICH VORHER UM ERLAUBNIS ...
DARUM GEHT ES DOCH GAR NICHT!

CHNIEF...
MIKI HAT MICH ...
CHLUCHZ...
ER HAT MICH GESCHLAGEN ...
WER IST IHM WICHTIGER?
ICH ODER UTENA?
KLAR ...
EINE GELIEBTE IST WICHTIGER ALS EINE SCHWESTER!
UND WENN WIR ZEHNMAL ZWILLINGE SIND ...
NICHT DOCH ...

ARME KOZUE ...
SCHÜLERRAT - ZWEITES HAUS
POCK POCK
KOZUE? SCHLÄFST DU?
UTENA GEHT JETZT NACH HAUSE!
TUT MIR LEID WEGEN VORHIN ...
KOZUE?

...
Sie ist nicht da ...
Um diese Uhrzeit ...
Das Rosensiegel ...
!
RRRTSCH
»Ein Sturm hat die kleine Kozue wie gefallenes Laub davongeweht.«
KOZUE
Kozues Armreif ...
?!

»Wenn du den schönen, jungen Zweig retten willst...
... dann komm heute Abend, wenn die Uhr 12 schlägt...
... zum Kampfplat am Luftschloss...
... und kämpfe mi der Person, die dor erscheint! Du muss sie besiegen!«
DU MUSST SIE...
...BESIEGEN...
KOZUE ...
WHAMM
HÄ? WO IST KOZUE ...?

ENTFÜHRT?
WARUM ...?
WER SOLLTE SO ETWAS TUN?
ICH WEISS ES NICHT!
ICH MUSS JEDEN-FALLS DORT-HIN!
ICH KOMME MIT!
ICH WILL NICHT, DASS DU MICH KÄMPFEN SIEHST, UTENA.
ICH KÖNNTE MICH BLAMIEREN ...
QUATSCH!
DU WIRST DICH EHRENVOLL SCHLAGEN!

DEINE SCHWESTER ZU RETTEN...
... IST ÄUSSERST EHRENVOLL!!
DA...
... IST JEMAND !!

ANTHY?
WAS MACHST DU HIER?
NICHT ZU FASSEN... HAST DU ETWA...?
SNUPP
EIN BRIEF ...
... MIT ROSEN-SIEGEL ...
... IST HEUTE FÜR DICH GEKOMMEN!

Ein Brief mit Rosen-siegel?
»Heute Abend ... ... musst du zum Kampf-platz am Luft-schloss kommen ... ... und mit der Person, die dort erscheint, kämpfen!
Heute Abend ... ... wenn die Uhr 12 schlägt ...«
......
Ich soll mit Miki ...?
!
... ...
Mit Utena...
DONG
DANG
DING

HEUTE ... ... WENN DIE UHR 12 SCHLÄGT ...
... BEGINNT DAS DUELL ...
... SO WIE ES DER ROSEN-SIEGEL-KODEX VERLANGT!
»MIKI...
... DU WIRST DIESEN KAMPF WOLLEN!
GANZ SICHER!«

Utena-Gang
Mitglied Nr. 1

Utena Tenjo

Alter:
14 Jahre

Geburtsdatum:
29. Dezember

Sternzeichen:
Steinbock

Blutgruppe,Größe, Gewicht:
B; 1,64 m; 46 kg

Hobbys:
Sport jeglicher Art!!
Sammeln von Tassen mit Rosenaufdruck ♡
Sich als Mann verkleiden!!

Was sie gut kann:
Huckepack-Tragen (weil Wakaba immer darum bettelt, bleibt ihr nichts anderes übrig...)
Kochen (wer hätte das gedacht...)

Was sie hasst:
Jungs, die Essensreste im Gesicht haben...

EINES TAGES WÄHREND DER PRODUKTION DES UTENA-ANIMES KAM DER REGISSEUR ZU MIR...

UND DESHALB TRÄGT UTENA IM ANIME EINE SCHWARZE UNIFORM...!

ICH SOLL MIT MIKI KÄMPFEN ...?!

DIE KLEINEN ROSEN AUS MEINEM INNERN ... FÜR DICH ...
ANTHY ...
DAS IST SICHER ... EINE FALLE UM UNS ...
ABER VON WEM?
... ZUM DUELL ZU ZWINGEN!
TOGA?
ROSEN, DIE VOM »WELTENENDE« HERABGEFLOGEN SIND ...
... FÜR DICH ...
ABER WENN ICH DAS DUELL NICHT GEWINNE, KOMMT KOZUE NICHT ZU MIR ZURÜCK!
DAS ... KANN ICH NICHT ZULASSEN!!

VIEL-LEICHT IST ES WIRKLICH EINE FALLE ...
ABER EGAL!
UTENA ...?
SWUSCH

DU...
... WIRST MICH BESIEGEN, MIKI!
WAS?
WENN NICHT, KOMMT KOZUE NICHT ZURÜCK ...
ALSO MUSS ICH VERLIEREN ...
UTENA ...

ANTHY ...
KEINE SORGE ...
MIKI IST EIN LIEBER JUNGE ...
ER WIRD SICH SICHER GUT UM DICH UND CHUCHU KÜMMERN!
ALSO ... LASS UNS ...
... MIT DEM KAMPF BEGINNEN!
UTENA ...
DU BIST AUCH EIN SEHR LIEBES MÄDCHEN ...

MIKEY !!
DU HAST WAS VERGESSEN !
!
TOGA...
TOGA ...!

ES IST GE-KOMMEN ... WIE DU GESAGT HAST ...
... ABER ...
UTENA! MEINST DU NICHT ...
... DU SOLLTEST DIR DIE KRAFT VON DIOS BIS ZULETZT ERHALTEN?
... ICH ...
WENN DU AUS DEM SPIEL FLIEGST... ... KANNST DU NIE-MALS EIN PRINZ WERDEN!
UND DEINEN PRINZEN WIRST DU AUCH NIE WIEDER-SEHEN!
MEINEN PRINZEN ...
AUS-SER-DEM ...
WENN IHR EUCH NICHT ERNSTHAFT DUELLIERT, KOMMT KOZUE NICHT ZURÜCK!
WARUM WEISST DU DAS ALLES?
ALSO STECKST DOCH DU DAHINTER!
...!
KRACKS
?!

BBRUMPEL
WAS IST DAS?
EIN ERDBEBEN?
FLASSSH!
ES IST DIE KRAFT VON DIOS!

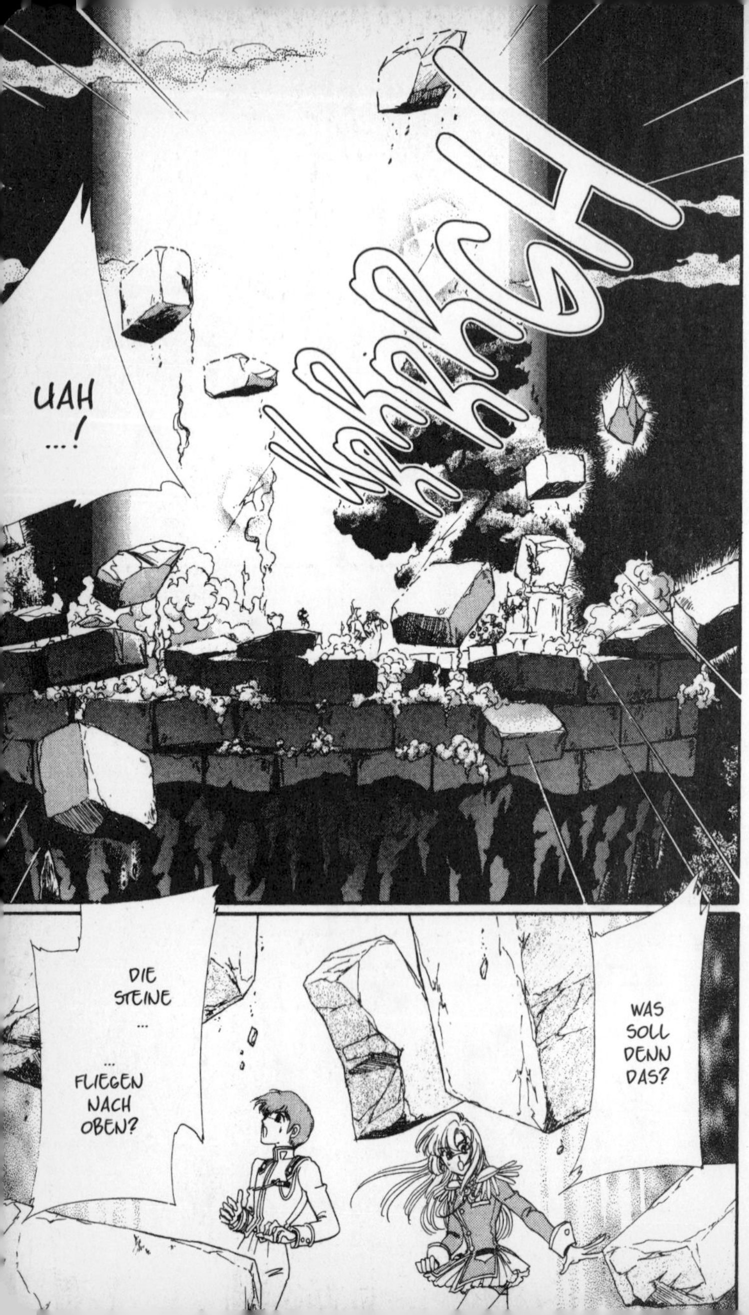
UAH ...!
WAS SOLL DENN DAS?
DIE STEINE ... ... FLIEGEN NACH OBEN?

SIE WERDEN VOM LUFT-SCHLOSS AN-GEZOGEN ...
MIKI ...!!
HILF MIR !!
!

UTENA !!
KOZUE ...
WENN DU DIE KRAFT VON DIOS NICHT EIN-SETZT ...
... MUSS KOZUE DORT OBEN BLEI-BEN !

WILLST DU JETZT ...
... IMMER NOCH AB-SICHTLICH VERLIEREN ?
!
ICH ...
UTENA ...
LASS UNS ...
... OHNE RÜCK-SICHT AUFEIN-ANDER KÄMPFEN.
MIKI ...
SCHON GUT, UTENA ...
ICH WERDE DICH BE-SIEGEN !
ICH BIN STARK !
AUCH UNTER DIESEN UM-STÄNDEN ...

...
EIN-
VER-
STAN-
DEN
...
HAH!

HAH!
HUAH...
MIKI ...
WEN ...
... WÜRDEST DU LIEBER ALS SIEGER SEHEN ...
... ANTHY ?
ICH ...
ICH BIN ...
... DIE ROSEN-BRAUT ...

ALSO WERDE ICH DEM SIEGER FOLGEN, EGAL WER ES SEIN WIRD...
HAH HAH
WAHN-SINN...
DU BIST WIRKLICH STARK, MIKI!
WENN ES UM DAS LEBEN MEINER SCHWESTER GEHT...
... BESIEGE ICH JEDEN GEGNER!
... SO WIE DER ROSEN-SIEGEL-KODEX ES VERLANGT!

ICH HOFFE, ICH KANN JETZT ZEIGEN ...
... WIE STARK ICH WIRKLICH BIN!
AAH...
TROPF

ZACK
OH...
SO LEICHT ...
... KRIEGST DU ...
... MICH NICHT !
FLASSH

WAS IST DAS ?
DIESES LICHT ...

MIKI
...

SIEG FÜR UTENA !

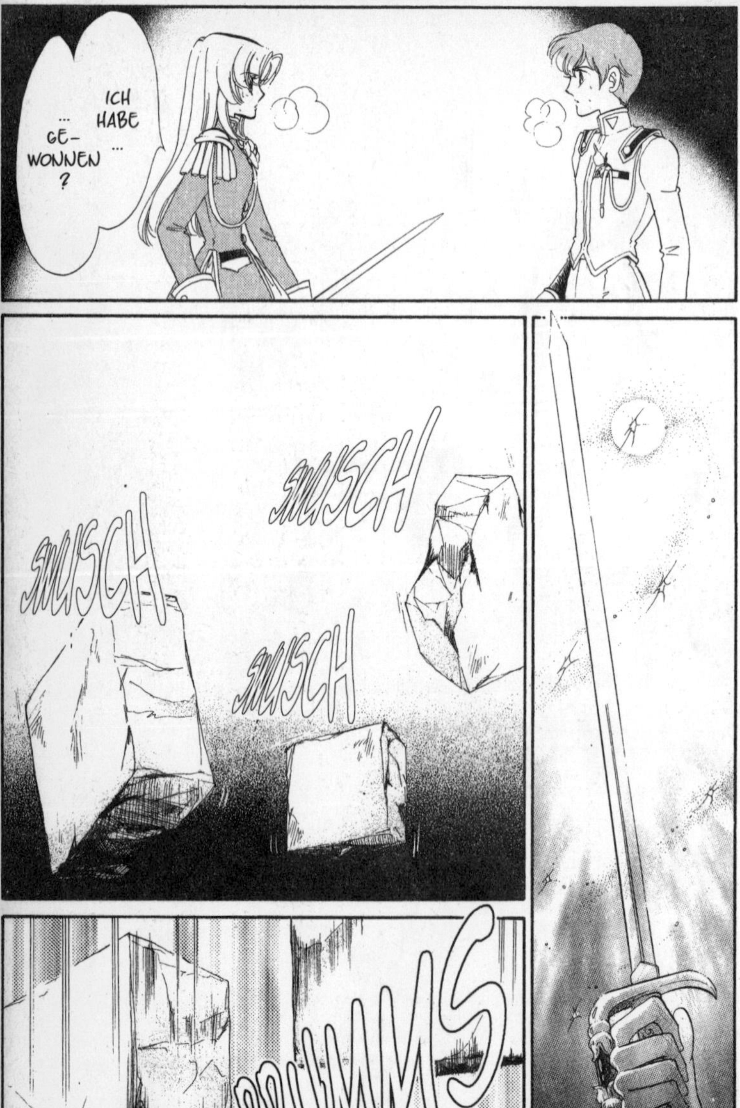
ICH HABE ... ... GE- WONNEN ?
SWUSCH
SWUSCH
SWUSCH
BRUMMS

SWUSCH
!
SWUPP
?
HILFEEE !!
PLUMPS
Ächz
MIKI... ES TUT MIR LEID!
ICH WERDE DICH NIE WIEDER ...
... IN SOLCH EINE LAGE BRINGEN!
NIE WIEDER!!
KOZUE ...

ANTHY HAT GESAGT ...
... WENN ICH DEINE LIEBE AUF DIE PROBE STELLEN WILL, SOLL ICH MIT IHR GEHEN ...
UND DANN ...
... IST ES SOWEIT GEKOMMEN.
ANTHY HAT KOZUE ...?
ICH HATTE SOLCHE ANGST UM DICH!
ES WÄRE MEINE SCHULD GEWESEN ...
VER-ZEIH MIR ...
BITTE VERZEIH MIR, MIKI ...
SCHON GUT ...
HAUPTSACHE, DU BIST WIEDER DA, UND ES GEHT DIR GUT!
MIKI!

UTENA !
WARUM HAST DU DAS GETAN?
ANTHY...
JA...
IST DIE VERLETZUNG SCHLIMM ?
LASS SIE UNS GLEICH VERSORGEN !
BALD ...
... SEHR BALD ...
... WIRST DU DEINEN PRINZEN WIEDERSEHEN !

WAS WEISST DU DARÜBER ?
TOGA!
DRÜCK DICH BITTE...
... ETWAS DEUTLICHER AUS...
GOTT SEI DANK ...
DIE VERLETZUNG IST NICHT SCHLIMM ...
JA ...
DANKE ...
ES WIRD DICH ZWAR ...
... EIN BISSCHEN BEHINDERN, SO AN DER RECHTEN HAND...

... ABER DU HAST JA EINEN FREUND, DER DIR HILFT!
JA... ANTHY ...
... ICH MUSS MIT DIR REDEN ...
BIST DU FERTIG, CHUCHU ?
CHU!
CHU!
...
STEHT IHM DAS NICHT GUT?
ES TAT MIR LEID, DASS ER IMMER SO NACKT RUM-LAUFEN MUSS ...
DA HAB ICH IHM EINE KRAWATTE GEGEBEN !
Der Ohrring ist aus Karamell ...
OH...
ER SIEHT ZWAR IMMER NOCH NACKT AUS...
WIRKLICH ?
ANTHY ...

HAST DU... ... KOZUE DAZU ANGESTIFTET ...
... IHRE ENTFÜHRUNG VORZUTÄUSCHEN ?
... ANTHY ... ICH BIN DIR DESWEGEN NICHT BÖSE!
ABER SAG MIR ... ... BITTE DIE WAHRHEIT !
...
ICH BIN DIE ROSENBRAUT...
ICH TUE ALLES, WAS DU MIR BEFIEHLST !
NEIN, SO MEINE ICH DAS NICHT !
ICH WILL, DASS DU MIR ALS MEINE FREUNDIN ANTWORTEST!
ALS... FREUNDIN ...?

DU UND ICH ...
... WIR SIND ...
... FREUNDE ?
VERGISS ES ...
ANT-WORTE MIR EINFACH !
JA...
ALSO, DU HAST DAS DUELL DOCH SICHER NICHT ALLEIN GEPLANT, ODER?
NEIN ...
HAT DIR JEMAND GESAGT, DASS DU KOZUE MITNEHMEN SOLLST?
JA ...

WAR ES ... TOGA ... ?
BLINZEL
ICH HABE AUCH EINEN BRIEF MIT ROSENSIEGEL BEKOMMEN ...
DEM WILLEN DES »WELTENENDES« KANN MAN SICH NICHT WIDER-SETZEN!
DAS »WELTENENDE«...
... HAT DEN BEFEHL ERTEILT... SO ETWAS ZU TUN?

Utena Tenjo
ABER...
... DIE BRIEFE MIT DEM ROSEN-SIEGEL, DIE BIS LETZTES JAHR KAMEN...
... UND DIE NACH ROSEN DUFTETEN...
... KAMEN DOCH VON MEINEM PRINZEN...
OST-TRAKT
TAP TAP TAP
CHU!
UTENA!
SCHON WIEDER SO EIN BRIEF!
HÄ...?
Utena Tenjo

Die Zeit unseres Wiedersehens ist gekommen.
DER ROSENDUFT MEINES PRINZEN...
Die Zeit unseres Wiedersehens ist gekommen.
DER ROSENGARTEN DES SCHÜLERRATS...

ENDLICH SEHE ICH IHN WIEDER...

... MEINEN PRINZEN, AUF DEN ICH SO LANGE GEWARTET HABE...

UNGLAUBLICH...
ICH FASS ES NICHT...
WHAMM

DA BIST DU JA ... ... UTENA.
ICH BIN ... ... DEIN PRINZ!
TO... TOGA!

REVOLUTIONARY GIRL UTENA BAND 2 / ENDE
SEPTEMBER 1996

Utena-Gang
Mitglied Nr. 2

Anthy Himemiya

Alter:
14 Jahre

Geburtsdatum:
29. Februar

Sternzeichen:
Fisch

Blutgruppe, Größe, Gewicht:
AB; 1,57 m; 41 kg

Hobbys:
Karten spielen
Tiere

Was sie gut kann:
Mit Tieren sprechen (???)

Was sie nicht gut kann:
Lernen
Kochen
Freunde gewinnen

WARUM AUCH IMMER, JEDENFALLS IST ANTHYS KOSTÜM IM ANIME JETZT ROT!

Die Curry-
Verwandlung

ICH BIN DER RITTER CHUCHU...
... UND BESCHÜTZE MEINE PRINZESSIN ANTHY!
ZUM GLÜCK HAT EIN STARKER PRINZ SAIONJI VERJAGT...
ABER ...
DIESER UNAUSSTEHLICHE SAIONJI...
DU STÖRST!
ANTHY IST MEINE ROSEN-BRAUT!
BLÖDER AFFE!
ZACK
JETZT SIND WIR ZU DRITT...
... UTENA, MEINE HERRIN UND ICH!
HE HE
SIEGER

ANTHY ...
... CHUCHU HAT WIEDER ALLES WEG-GEFRESSEN!
ER BE-NIMMT SICH WIE EIN WASCHBÄR!
Dabei ist er doch ein Affe...
OST-TRAKT
ICH BIN IM PARADIES...! CHU!
SCHÄM DICH, CHUCHU ...
TUT MIR LEID, UTENA ...
SOLL ICH DIR WAS KOCHEN?
HM?
DU KANNST KOCHEN, ANTHY ?
KLAR!
ICH HABE GEHÖRT, DASS DU GERN CURRYREIS ISST...
JA, STIMMT ...
ABER ZUM TEE?
BIN GLEICH FERTIG!
HÄ ?!
BLINZEL
TAP
TAP
TAP
OH MEIN GOTT! CHU!
MEINE ANTHY WILL KOCHEN?

* KAKAO, KÄSE, CHILI, SALZ, MISO, MAYONNAISE.

SCHLÜRF
BLINZEL
MMH!
PERFEKT!
BLUBBER
BLUBBER
ZACK
SCHLECK

URGS..
PHU
SCHMECKT WIE KOTZE ...! CHU!

*100% LECKER! FEURIG! EXTRA SCHARF! 100% CURRY!

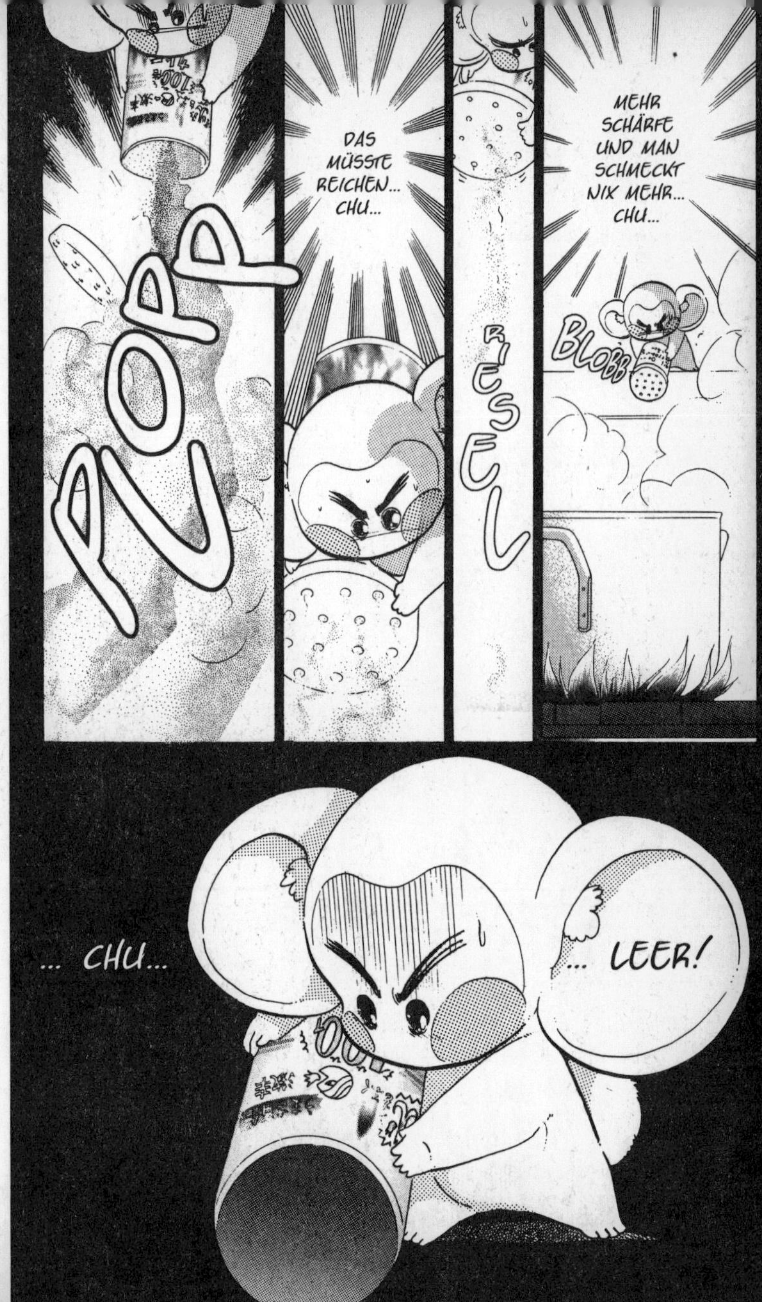
MEHR SCHÄRFE UND MAN SCHMECKT NIX MEHR... CHU...
BLOBB
RIESEL
DAS MÜSSTE REICHEN... CHU...
PLOP
... LEER!
... CHU...

MM, DAS RIECHT LECKER!
WAS JETZT...?! CHU?!
BLUBBER BLUBBER
CHU!
TAPTAPTAP
CHUCHU ?
HER DAMIT!
ICH HAB ECHT HUNGER!
HIER, LASS ES DIR SCHMECKEN!
DAMPF DAMPF
HM! SIEHT LECKER AUS!

NA DANN, GUTEN APPETIT!
OST-TRAKT
OST-TRAKT

ZISCH
ZISCH
WABER
WABER
WAS WAR DAS?!
EINE EXPLOSION IM OST-TRAKT?
OH GOTT!
SIND UTENA UND ANTHY NOCH IM HAUS?
DIE ROSEN-BRAUT UND IHRE VERLOBTE SIND IN DIE LUFT GEFLOGEN?
MIST...
DAS IST DIE GRÖSSTE KRISE, DIE DER ROSEN-SIEGEL-BUND JE ERLEBT HAT!
WIE KONNTE DAS PAS-SIEREN ...?
WER UM HIMMELS WILLEN ...?
ÄHM... VOR-SITZEN-DER ...
TOGA...

SIE SIND BEIDE UNVERLETZT.
GOTT SEI DANK!
TJA...
ABER...
... IRGEND-WAS IST SELTSAM AN DEN BEIDEN ...
SELTSAM?
NA JA... VIELLEICHT HAB ICH MIR DAS NUR EIN-GEBILDET ...
JA, WAHR-SCHEIN-LICH ...
... ICH HOFFE ES.
U-TE-NA!
ALLES OKAY MIT DIR?
HOPPS
ZUM GLÜCK ...
... IST MEINER UTENA NICHTS PASSIERT!

ANTHY!
Da stimmt was nicht ...
HÄ...? UTENA?
PFLOTSCH
PATSCH
WAS MACHST DU DA!
CHU!
GOTT SEI DANK! ICH HAB MIR SORGEN GEMACHT!
QUETSCH

ANTHY HAT UNSEREN SAIONJI!
LOS, WIR GEHEN!
TUT MIR LEID ...
IRGENDWAS STIMMT DA NICHT! CHU!
ANTHY ?
UTENA ?

PATSCH
!
WAS FÄLLT DIR EIN, SAIONJI ZU OHR-FEIGEN!
ANTHY !!
KÜSS LIEBER WEITER UTENA DIE STIEFEL ...
... SO WIE ES SICH FÜR DICH GEHÖRT!
OJE, MEINE ARME ANTHY! CHU!!

WHAMM
CHU-CHU!
WAS IST LOS?
HILFE!
CHU!
HILFE!
CHU!
DU MUSST IHR HELFEN, UTENA! CHU!!
CHU!
SCHON GUT, CHUCHU!
ICH BIN ANTHY ...
... UND ANTHY IST JETZT UTENA!
HÄ?

WIE...
... BITTE? CHU?
W...WAS ?!
WERD NICHT FRECH, ANTHY! VERGISS NICHT, WER DU BIST!
ACH JA ?!
!
IHR BEHANDELT ANTHY...
... ALSO IMMER SO ...
DIE ARME ...

TUT MIR LEID, ABER...
JETZT BEKOMMT IHR DIE REVANCHE ...
... FÜR EURE GEMEINHEITEN ...
... VON ANTHY UND UTENA!
PATSCH

ANTHY!
DU BIST SO COOL!
ÄH...
OH...
U... UTENA !!
UTENA !
KREISCH
JETZT WIRD'S GEFÄHRLICH!
BLOSS WEG HIER!

TUT MIR LEID, UTENA ...
... ICH WAR SO BEGEISTERT ZU SEHEN ...
... WIE ICH MICH SELBST AN DENEN RÄCHE.
MIR TUT ES AUCH LEID ...
ICH SOLLTE IN DEINEM KÖRPER NICHT EINFACH SO AUSRASTEN ...
ANTHY ...
WIR MÜSSEN BESSER AUFPASSEN ...
ÄH... ÄH...
DAS HEISST ALSO... CHU... MEINE ANTHY...
DER SCHOCK BEI DER EXPLOSION ...
... HAT SCHEINBAR BEWIRKT ...
... DASS UNSERE PERSÖNLICHKEITEN AUSGETAUSCHT WURDEN!
BLACK

ANTHY IST JETZT UTENA...
... UND UTENA IST ANTHY?
Nein! Nein!
WIE IST DAS NUR PASSIERT ...
MIR MACHT ES NICHTS AUS...
MIR GEFÄLLT ES, WENN ICH MICH JETZT SO COOL SEHE ...
ABER ICH HABE EIN PROBLEM...
Saionji ist hinter mir her ...
ICH GLAUBE ICH WEISS, WAS DIE VERWANDLUNG... ... VERURSACHT HAT!
DAS CURRY !!
DU MUSST ES NOCH MAL GENAUSO ZUBEREITEN WIE VORHIN!
JA!
DIE EXPLOSION IST AN ALLEM SCHULD ...!
DAS CURRY IST AN ALLEM SCHULD ...!
DAS PULVER IST AN ALLEM SCHULD ...!

ALLES KLAR! CHU!
ICH MUSS NOCH MAL MIT DEM 100% CURRY EINE EXPLOSION AUSLÖSEN ...
... DANN SIND DIE BEIDEN WIEDER SO WIE FRÜHER! CHU!
SUPERM
QUIETSCH
GUTEN TAG!
CHU ...
BRAV, WIE DU IMMER EINKAUFEN GEHST!
WAS DARF ES DENN HEUTE SEIN?
HM? AH!
DU WILLST DAS 100% CURRY, DAS DA NORMALERWEISE STEHT?
HOPPS HOPPS
DAS IST LEIDER AUSVERKAUFT ...
BRÖCKEL

ES IST EIN SELTENES PRODUKT, WIR BEKOMMEN ES ERST IN EINEM HALBEN JAHR WIEDER. SORRY!
IN EINEM HALBEN JAHR...
VOR EIN PAAR MINUTEN ... ... HABE ICH DIE LETZTE DOSE VERKAUFT ...
KLEINER AFFE?
WHAMM
100
カレー
HE, AFFE!
ZACK
CHU!
BIST DU SO WILD AUF DAS ZEUG, DAS ICH GRADE GEKAUFT HAB?
SAIONJI ...

ZACK
HOPP
NA? NA?
MIST ...
...
... WENN DU TUST, WAS ICH DIR SAGE ...
DU BEKOMMST ES...
DU BIST ALSO GEKOMMEN ...
ANTHY ...

UTENA HAT UNS AUSEIN-ANDER GERISSEN ...
ABER HEUTE ...
... IST UNSER TREFFEN, BEI DEM WIR UNS UNSERE LIEBE BEWEISEN!
HÄ?
LIEBE?
BITTE, UTENA! SPIEL MIT! CHU!
DAS WAR NICHT AB-GEMACHT, CHUCHU!
ALSO ...
WAS WILLST DU?
ICH ZEIG DIR MEINE LIEBE...
LOS, ANTHY!
!
ZACK
ZEIG AUCH DU MIR DEINE LIEBE...

ANTH!
UAAH, NEIN ...!
PATSCH
SWISCH
CHUCHU! TUT MIR LEID!
ICH WOLLTE DICH NICHT TREFFEN ...
...
SÜSS, WIE WIDERSPENSTIG DU SEIT NEUESTEM BIST!
TS
CHU!
SCHON GUT...! CHU! ICH MUSSTE MICH EINFACH OPFERN...

HIER!
DER BEWEIS MEINER EWIGEN LIEBE ...
FLATSCH
ICH WARTE AUF DEINEN LIEBES-BEWEIS ...
DANN BEKOMMST DU, WAS DU WOLLTEST ...
... AFFE!
...
Saionji
love forever
Anthy
OH...
... EIN AUSTAUSCH-TAGEBUCH?

Heute will ich dir
Kendo-Übungen mache ich
ich dich irgendwann
SO ETWAS ...
... HAST DU MITGEMACHT, ANTHY?
JA ... SAIONJI WOLLTE ES SO...
SCHREIB IHM ZURÜCK!
DU BIST DOCH JETZT ICH!
WARUM SOLL ICH DANN... ... DIESEM PERVERSLING SCHREIBEN?!
SCHNAPP
CHU!
KRITZEL
DU WILLST ES SCHREIBEN, CHUCHU?

GOTT SEI DANK!
WIR HABEN KEINE LUST MEHR, JEDEN TAG CURRY ZU ESSEN!
ECHT!
Danke
Es will einfach keine Explosion geben...
ES TUT MIR ALLES SO LEID... CHU...
GNN... CHU...
ICH WERDE EUCH WIEDER ZURÜCKVERWANDELN, ICH VERSPRECHE ES...
Und wenn ich mich für Anthy ausgeben muss ...
KRITZEL
HM...
SIE HAT MIR TATSÄCHLICH GEANTWORTET!
DA!
DEINE BELOHNUNG!

DAS 100% CURRY ...
Hach... Chu...
WUSCH

SWUSCH
JUHU! CHU!
AFFE ...? OH, SCHON WEG?
WAS FLIPPT DER DENN DESWEGEN SO AUS?
SWUPP
... WAS SOLL DENN DAS SEIN?

HAT DAS ETWA...
~~Die~~ Lieber Saionji!
Entschuldige, dass du auff meine antwort wartten musstest...
Ich schreibe tir heute, was ich besonders gern esse: Banane... Kuchen... Kahrtofeln... Epfel...
DEINE anthy
CHU!
CHU!
... DIESER AFFE GE-SCHRIEBEN ...?!
OST-TRAKT
... GUTEN APPETIT !
... 'NEN GUTEN ...
Schon wieder Curry...
SWUPP
CHUCHU !
WAS...

WAS SOLL DAS, CHUCHU?
HOPPS
SCHÜTTEL
WAS IST DAS FÜR EIN ZEUG?! HÖR AUF!
HOPPS
AFFE!
DAS IST BETRUG!
HUCH!
UND ICH HAB DIR DAS 100% CURRY DAFÜR GEGEBEN ...
RACHE ...
HOPP HOPP HOPP HOPP
HUST...
SAIONJI ...
IST DAS ZEUG HIER ETWA 100% CURRY?
CHUCHU, WARUM ...

NA WARTE...
CHU!
PLATSCH
KAWHOUMM

OH GOTT...
SCHON WIEDER EINE EXPLOSION IM OSTTRAKT...
CHU?
TORKEL
ÄCHZ...
UMPF...

VERDAMMT... WAS ZUM TEUFEL...
UTENA ?!
WIR SIND WIEDER DIE ALTEN, UTENA!
DURCH DIE EX-PLOSION !
ÄH...
DAS HEISST ... JUHU!
SPROING
SPROING
CHUCHU !
CHUCHU ...
DU WARST DAS ALSO !!
DESWEGEN HAST DU DAS CURRY VERSTREUT!
WARUM MACHST DU SO WAS BÖSES?

CHU!
CHU!
CHU!
CHU!
CHU
!
CHU
!
CHU
!
CHUCHU
!!
HÖR AUF,
ES ABZU-
STREITEN!
GNN...
CHU!
CHU!!

SAIONJI!
SIND DIE BEIDEN OKAY?!
WAAH!!
JA, JA...
ABER DURCH DIE EXPLOSION...
... SIND WIEDER ZWEI PERSÖNLICHKEITEN VERTAUSCHT WORDEN...
ICH STECKE IM KÖRPER DIESES VERHASSTEN SAIONJI...
ABER... BEVOR MEINE ANTHY BÖSE WIRD...
... HAU ICH LIEBER AB! CHU!
CHU!
DIE CURRY-VERWANDLUNG / ENDE 1996

NR. 1 FEBRUAR 02/2003
MEGA-MANGA-MIX FÜR MÄDCHEN
DAISUKI
BIG IN JAPAN!
God Child
PRUSSIAN BLUE
FRUITS BASKET
CHINESISCHES HOROSKOP
NEWS & TRENDS AUS JAPAN!
4 196051 403009

Himmel und Hölle auf Erden:
ANGEL SANCTUARY
© Kaori Yuki
Alle zwei Monate neu!
Angel Sanctuary
Taschenbücher
ANGEL SANCTUARY
1
www.carlsencomics.de
CARLSEN COMICS
Erhältlich überall wo's Comics gibt.

Halt!

Dieser Comic beginnt nicht auf dieser Seite. »UTENA – Revolutionary Girl« ist ein japanischer Comic. Da in Japan von »hinten« nach »vorn« gelesen wird und von rechts nach links, müsst ihr auch diesen Comic auf der anderen Seite aufschlagen und von »hinten« nach »vorn« blättern. Auch die Bilder und Sprechblasen werden von rechts oben nach links unten gelesen, so wie es die Grafik hier zeigt.

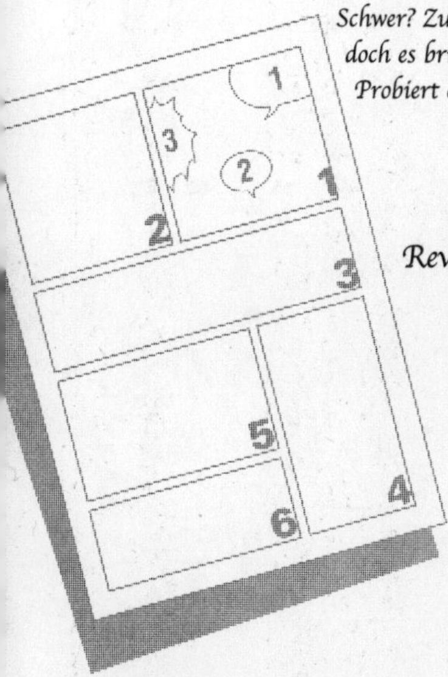

Schwer? Zuerst ungewohnt, doch es bringt richtig Spaß. Probiert es aus!

Viel Spaß mit

»UTENA –
Revolutionary Girl«!

CARLSEN COMICS
Deutsche Ausgabe/German Edition • 1 2 3 4 06 05 04 03 • © Carlsen Verlag GmbH · Hamburg 2003 • Aus dem Japanischen von Dorothea Überall • SHOJO KAKUMEI UTENA by SAITO Chiho • © 1996 by SAITO Chiho/IKUHARA Kunihiko & BE PAPAS • All rights reserved • Original Japanese edition published in 1996 by Shogakukan Inc., Tokyo • German translation rights arranged with Shogakukan Inc. through The Kashima Agency • Redaktion: Petra Lohmann • Textbearbeitung: Ina Schiele • Lettering: Christoph Feist • Herstellung: Kerstin Mardfeldt • Druck und buchbinderische Verarbeitung: Nørhaven Paperback A/S (Viborg/Dänemark) • Alle deutschen Rechte vorbehalten • ISBN 3-551-76862-5 • Printed in Denmark • **www.carlsencomics.de**